这本书属于
第____号怪怪特工

....

图书在版编目（CIP）数据

瓶子里的妖怪 /（瑞典）马丁·维德马克著；
（瑞典）克里斯蒂娜·阿尔夫奈绘；徐昕译 . — 北京：
中信出版社，2024.8. — （怪怪特工队）. — ISBN
978-7-5217-6762-9

Ⅰ.Ⅰ532.84

中国国家版本馆CIP数据核字第2024MK1033号

NELLY RAPP OCH ANDEN I FLASKAN (NELLY RAPP AND THE GENIE IN A BOTTLE)
Copyright © 2020 by Martin Widmark
Illustrations copyright © 2020 by Christina Alvner
Published by agreement with Salomonsson Agency, through The Grayhawk Agency.
Simplified Chinese translation copyright © 2024 by CITIC Press Corporation
ALL RIGHTS RESERVED

本书仅限中国大陆地区发行销售

瓶子里的妖怪
（怪怪特工队）

著　者：[瑞典] 马丁·维德马克
绘　者：[瑞典] 克里斯蒂娜·阿尔夫奈
译　者：徐昕
出版发行：中信出版集团股份有限公司
　　　　　（北京市朝阳区东三环北路27号嘉铭中心　邮编 100020）
承 印 者：北京联兴盛业印刷股份有限公司

开　　本：880mm×1230mm 1/32　　印　张：3　　字　数：86千字
版　　次：2024年8月第1版　　印　次：2024年8月第1次印刷
京权图字：01-2024-3615
书　　号：ISBN 978-7-5217-6762-9
定　　价：82.00元（全6册）

版权所有·侵权必究
如有印刷、装订问题，本公司负责调换。
服务热线：400-600-8099
投稿邮箱：author@citicpub.com

》》》另一种真相《《《

怪怪特工队

瓶子里的妖怪

［瑞典］马丁·维德马克 著 ［瑞典］克里斯蒂娜·阿尔夫奈 绘 徐昕 译

中信出版集团 | 北京

我叫奈丽·拉普，我是10号"怪怪特工"！我的朋友瓦乐最近也成了"怪怪特工"，他是11号。

你了解"怪怪特工"吗？就是跟鬼和怪物做斗争的人。

哈哈哈哈！你笑了。这是什么荒唐故事啊！世界上根本就没有怪物，至于鬼——只有幼儿园小孩才信呢！

我知道你会这么说，因为以前我也是这么认为的——可那是以前。

而现在我不这么以为了——我知道，他们的确存在。

嘘！在这本书里，你会遇到下面这些人——当然是除了我和瓦乐，还有我们的狗狗伦敦和艾巴之外！

列娜－斯列娃

比尔吉塔老师

妖怪

穿防护服的女人

穿防护服的男人

第一章
该死的法格伦德！

"我们再唱一遍。"比尔吉塔老师坐在钢琴前说。

我们从椅子上站起来，伸长了脖子唱道："繁花盛开的时节到来了，带着渴望与美好……"

朝向校园的窗户开着，从外面传来丁香花怡人的香气。

"嗯，这下听起来好多了，"比尔吉塔老师打断我们，说，"我可不希望你们在我的最后一次期末典礼上唱错。"

瓦乐、我和其他同学重新坐下。我看了看瓦

乐。他拿出纸和笔写起了什么。

"给。"他说着把纸条递给我。

纸条上面写着：巧克力！

我看看瓦乐，摇摇头。

瓦乐刚刚和家人搬进新的公寓，所以他跟我

成了同班同学。

有一个能够分享所有秘密的朋友真好。

如今我们俩都是怪怪特工了,真令人兴奋,可以有个人聊聊所有刺激有趣的事情。

上个周末,我们去了怪怪特工学院汉尼拔伯伯和列娜-斯列娃那里。

我和瓦乐在图书馆翻阅《怪怪特工指南》,这时列娜-斯列娃端着茶点托盘进来了。

往杯子里倒上热茶后,列娜-斯列娃向我们提了一个很不寻常的问题:"什么危险正在威胁我们的世界?"

"各种鬼怪。"瓦乐嘴里塞满了饼干,回答道。

列娜-斯列娃点点头,啜了一小口茶。我觉得她想继续拓展讨论。

"怪物和鬼魂会造成很多麻烦，"她说，"这个没错……"

"可是呢？"我说着放下了茶杯。

"可是，"她继续说，"有时候人比怪物更糟糕。"

"怎么说？"瓦乐问。

"你们想想火药。"列娜-斯列娃说。

"火药？"我问。

"它是一千多年前被发明出来的，是为了用在节日和聚会上。"

"烟花？"

列娜-斯列娃点点头，瓦乐却叹了口气。

"可现在它却被用在炸弹中。"他说。

"起初一个很好的想法，后来可能会变成一种非常危险的发明，"列娜-斯列娃边说边开始收拾桌子，"我们得当心，人是一种善于发明创造但有

瓶子里的妖怪

时候又很危险的生物。"

可是现在,我们坐在教室里,我感觉离发明创造远得很。一连好几个星期,瓦乐都在跟我讨论要买什么礼物送给老师。从一年级以来我就在比尔吉塔老师的班上,她是世界上最好的老师——和蔼、公正,总是很开心。但现在她要退休了。

比尔吉塔老师往后靠在椅背上,幸福地叹了口气:"很快……"

我举起手,老师朝我点点头。

"退休后你会做什么?"我问。

"拯救世界!"老师回答道。

教室里所有的孩子都吃惊地看着她。

"我已经重建了我的车库,你们知道的。"

比尔吉塔老师沉默了，仿佛迷失在了梦里。

"为什么要重建车库？"瓦乐好奇地问，"你在你的车库里建了什么？"

瓦乐和我经常结伴上学，路上我们会经过比尔吉塔老师的房子。我们经常看见她的车库里亮着灯。

"你说什么，瓦乐？"她**心不在焉**地问。

"你在你的车库里建了什么？"瓦乐重复道。

"一个实验室。"老师满脸微笑地回答。

"一个实验室？"我吃惊地说，"你要在那里做什么？"

"发明一种新的燃料，"她自豪地说，"如今绝大多数机器和发动机都是用经石油炼制的燃料驱动的，如果我们要拯救地球的话，必须找到另外一种燃料。"

瓶子里的妖怪

"该死的法格伦德,太棒了!"瓦乐激动地说。

在我们学校,遇到什么特别好或者特别糟糕的事情,我们总是说"该死的法格伦德"。我也不知道是为什么,但所有孩子都这么说。

比尔吉塔老师大笑起来,说她只要一有时间投入实验室里,她应该就能为燃料问题找到一种解决方法。

"还有,瓦乐和奈丽,你们能不能去阁楼取一下蒸汽机,这样我就能给你们展示最原始的发动机是怎么运转的。"

阁楼！我睁大了眼睛看着瓦乐。我们可以上阁楼去！小孩子通常都不允许去那里，不过现在她可能觉得我们已经够大了。

她取下挂在墙上的钥匙串交给我，并摇了摇食指警告道："但不要动阁楼里的其他东西，那很危险。"

我做了保证，朝瓦乐点点头。我们从座位上站起来，走出了教室。

这时候我们并不知道，很快我们就将经历一件非常、非常奇怪的事……

第二章
一个老男人的声音

"巧克力为什么不行？"我们走在通往学校阁楼的很陡的楼梯上，瓦乐回过头来问我。

"唉，"我说，"只是感觉比尔吉塔老师想要更好的东西。"

"我想知道那是什么感觉。"瓦乐说。

"什么？"

"我是说退休。你想想，没有班可以上了，也不再有同事了，也许会很孤独吧。"

我大笑起来，说比尔吉塔老师自己似乎对退

休这件事非常满意。

她要拯救世界。

瓦乐在楼梯尽头停下来,我把钥匙串给了他。他试了几把大钥匙,终于找到了正确的那把。阁楼的门嘎吱嘎吱地开了。

瓶子里的妖怪

一阵带着灰尘和旧木头气味的凉风朝我们袭来。

瓦乐用手在门里的墙壁上摸索了一番,找到了电源开关。很快,天花板上的一盏白炽灯亮了。

我们走了进去。

"哎哟。"瓦乐说。

我们周围都是摆着动物标本的架子。

一只老狐狸从架子的最顶端俯瞰着我们。狐狸的眼睛是用玻璃做的,看起来**活灵活现**。

一只蜘蛛吊在从嘴里吐出的一根细线上,仿佛在看着我们,琢磨着闯入阁楼打扰它们安宁的是什么人。

装着黄色浑浊液体的罐子里有各种死去的青蛙和蛇。

"什么鬼地方。"我说。

怪怪特工队

"现在我们要找到那台蒸汽机。"瓦乐说着,打开了一个大柜子。

他立刻尖叫了起来。

柜门里面,一只巨大的蝙蝠正张着翅膀盯着他。

瓶子里的妖怪

这只蝙蝠自然也是标本。

我大笑起来,提醒瓦乐那三个要诀:镇静、知识和技巧。这是怪怪特工最重要的三个口诀。

我读起了蝙蝠旁边的字条,上面写着:来自澳大利亚的狐蝠。

"该死的法格伦德,吓我一跳。"瓦乐说。

随后我们翻找了大柜子里的每一个抽屉。

"在这里!"我从一个抽屉里拿出一台积满灰尘的蒸汽机,"它好精致啊,真想知道它是怎么运转的。"

可是瓦乐没有回答。

他走向屋子另一端的一扇灰色的金属门。

现在他站在那里,把耳朵贴在门上。

怪怪特工队

然后他开始尝试老师给我们的那个钥匙串上的各把钥匙,想把那扇门打开。

我读着一块黄色牌子:止步!禁止入内。

瓶子里的妖怪

"住手,"我小声说,"禁止入内!你没看见这块牌子吗?"

可是瓦乐没有停下来,接着换了一把钥匙插进锁孔里,转动起来。

"你在干什么?会有危险的,"我试图阻止他,"比尔吉塔说……"

"镇静、知识和技巧,"瓦乐打断了我的话,"这不是你说的吗?"

"可是你要进去干什么?"

"我觉得我听到里面有一个声音。"

"一个声音?可这里只有我们啊。"

"一个老男人的声音。"瓦乐解释着,抓住了门把手。

怪怪特工队

"你听到他说什么了?"

"那声音听起来闷闷的,"瓦乐回答,"但我觉得他说的是对不起……"

第三章
也许是个手风琴师？

一走进那间屋子,我们就有一种非常奇怪的感受。

"它看起来像是一间实验室。"我小声说。

"更准确地说,它曾经是一间实验室。"瓦乐回答。

试管**乱七八糟**地堆在桌子和椅子上,架子上满是瓶瓶罐罐。

它们大多是白色、黑色或灰色的,就仿佛颜色全都消失了。除了一个玻璃瓶,里面是一些绿

色的黏糊糊的东西。

我手里仍然捧着那台蒸汽机。

"这里一定是被火烧过,"我小声说,"或者是有什么东西发生过爆炸。"

"是的,不过是很久以前。"瓦乐说着,用手指划过桌子。

灰烬、煤灰和灰尘覆盖着桌面。

我走到墙上的一张旧画像前,用毛衣袖子擦了擦它。这幅画下面的一块牌子上写着"尼古拉斯·奥托"。

"我想知道这个老头是谁。"瓦乐说。

"也许是以前的某位老师?"我说。

就在我说这话的时候,一个架子上的瓶瓶罐罐开始摇晃。瓦乐和我吃惊地看了看对方。

"地震?"瓦乐说。

我迟疑地摇摇头。

"刚刚我说画上的老头也许是以前的某位老师时,摇晃就开始了。"

"你这是什么意思？"瓦乐问。

"我们来做个试验。"我把手指竖在嘴前做了一个不要说话的手势。

然后我高声说："或者也许是个马戏团演员？他看起来不像是个驯虎师吗？"

这下那些瓶瓶罐罐摇晃得更加厉害了。

"或者是个……"瓦乐也开始明白其中的关联了，说，"或者，也许是个手风琴师？"

瓦乐和我悄悄走近了一点儿。

这回架子晃得太厉害了，结果一个画着骷髅图案的棕色的瓶子掉到了架子下面的桌子上。

瓶塞掉了出来。

一开始没有任何动静。过了一会儿，一股灰白色的烟雾从瓶子里冒了出来。它在桌子上停了一会儿，然后摇摇晃晃地飘到了空中。

瓶子里的妖怪

瓦乐和我**目瞪口呆**地看着这股烟雾聚集在天花板上。

"对不——起。"我们听到一个老男人的声音在说。

瓦乐和我往后退了几步。

"之前听到的就是这个声音。"瓦乐小声说。

我把蒸汽机贴在胸口。

"镇静、知识和技巧,"我不停地小声对自己说,"镇静、知识和技巧。"

我的手在抖。

最终我们惊恐地看到这团烟雾里出现了一张脸的轮廓。是一个头发乱糟糟、戴着一副破碎的眼镜、眼里噙满了泪水的男人。

他看起来极为难过。随后他张开嘴,再一次

止步！
禁止入内

瓶子里的妖怪

用低沉、空灵的声音呻吟道:"对不起……"

接着这个妖怪哭了起来。他的眼泪就像又大又沉的雨滴掉了下来,扬起了地板上的灰尘。

列娜－斯列娃教过我们,如果遇到一个鬼魂或是妖怪,要提一个特别的问题。

我鼓起勇气,抬头看向那张飘浮在空中的面孔。

"你想干什么?"我用颤抖的声音说,这时我感觉到瓦乐贴住了我的肩膀。

天花板上的哭泣变成了呜咽。

"想干什么?"妖怪可怜巴巴地说。

"是的,"瓦乐在我身后说,"你为什么一直说对不起?"

"我想干什么,"妖怪重复道,"我……我……我想让时间倒回到过去。"

第四章
1876年发生了什么?

那股烟雾重新落到了桌子上,然后盘绕着钻进了他之前冒出来的瓶子里。

"不!等等。"我大喊。

烟雾停了下来,脑袋露在瓶口。瓦乐鼓起勇气走上前去,把瓶子扶稳。

"那是什么?"妖怪问。

"什么?"瓦乐说。

"不,不是说你。"

妖怪看着我,我不解地看着他。

瓶子里的妖怪

"你手里抱着什么?"

这时我想起来,我还抱着那台旧蒸汽机。我将它递到那张重重地叹了口气但又充满期待的面孔的前面。

这时瓦乐突然欢呼起来:"我知道了!你是那个'瓶子里的妖怪'!就像那些古老童话里说的那样,我们可以许三个愿望。让我想想……首先我想要一个超大的草莓甜筒冰激凌。"

妖怪不解地看着瓦乐,瓦乐也看着他。

"瓶子里的妖怪……"他说,"不,我的名字是,或者应该说曾经是,乌洛夫·法格伦德。"

这下轮到我笑了,因为我猜到了其中的关联。

"所以是这个原因?"我说。

"什么原因?"这个叫法格伦德的妖怪不解地问。

"因为你的原因,我们这所学校的人在遇到好事或者坏事的时候会说'该死的法格伦德'。"

"你们会这么说?"法格伦德回答。一丝浅浅的微笑浮现在他脸上。

我心想,法格伦德也许喜欢我们仍然记得他的名字。

"是的,"我说,"我们这所学校的孩子已经这么说了很多很多年。"

"应该是从1876年以后。"妖怪叹气道。

他的声音变得很沮丧。妖怪法格伦德又开始往瓶子里钻了。

"对不起,"法格伦德说,"现在我要回去了。"

"等一下!"我喊道,"1876年发生了什么?"

可是法格伦德似乎下了决心不再说什么了。他继续往瓶子里钻。

这是我瞥了一眼挂在墙上的那幅老头的肖像,试着问:"他是手风琴师吗?墙上的这个人?"

我们看见妖怪停了下来,又猛地从瓶子里冒了出来。

"手风琴师!"他生气地说,"现在的这些孩子对他**一无所知**吗?"

"是啊。"我和瓦乐**异口同声**地假装不知道。

"一点儿也不知道!"瓦乐说,"不过你也许可以讲讲?"

这时桌子上的法格伦德飘到了我们面前。他讲了起来:"墙上的这个男人叫尼古拉斯·奥托,是19世纪德国发明家。"

"哦,"瓦乐说,继续**装傻充愣**,"所以他不是手风琴师?"

法格伦德没有回答瓦乐这个愚蠢的问题,而是继续用充满尊敬的声音说:"尼古拉斯·奥托发明了第一台内燃机。汽油和空气被吸入气缸并点燃,然后爆炸产生的力把汽车的轮子带动起来。"

我看着那幅肖像,想到了所有小汽车、卡车和大巴车。也就是说,它们全是基于这位德国发明家的发明而制造出来的。

列娜-斯列娃说过什么来着?"起初一个很好的想法,后来可能会变成一种非常危险的发明。"

内燃机就是这样一种发明吧。

小汽车、大巴车和飞机产生的废气很快就毒害了我们的地球,我心想。

"我曾是这所学校的化学老师,"法格伦德继续说,"我很早就知道汽油是有害的,对人类、动物和植物都不好。所以我尝试了其他能够被吸入气缸引发爆炸的气体。"

这下瓦乐和我明白了。

"然后砰的一声,整个实验室被炸飞了。"瓦乐说。

"那是1876年。"我说。

乌洛夫·法格伦德沮丧地点点头。

"我被炸成了无数原子。它们后来聚集在这个瓶子里。"他继续说。

法格伦德又嘀咕了一句对不起。我觉得现在我能理解他了。

"但其实并没有那么糟糕,实验室是可以重建的。"我说。

瓶子里的妖怪

"我说对不起不是因为这个。"法格伦德**闷闷不乐**地回答。

我不解地看着面前的这个妖怪。

"你们想,"他继续说,"假如大家从没开始使用汽油的话……"

"哎哟。"我嘀咕道,思绪有点儿混乱。

假如我们从未驾驶所有这些使用汽油的车辆,那么地球会怎么样?

阁楼的楼梯那里传来两个声音,我的思绪被打断了。

"快藏起来!"我对法格伦德小声说,他立刻钻回了瓶子里。

我将瓶塞插好,把瓶子放到了架子上。

"这儿,奈丽!"瓦乐小声说,"我们藏到柜

子后面去。"

我立刻穿过房间,挤到了瓦乐身边。与此同时,脚步声越来越近了。

第五章
不寒而栗

"这扇门不应该是关着的吗?"一个女声问。

"一定是有人忘关了。"一个男声回答。

我躲在柜子后面往外看,看见一个男人和一个女人进了实验室。他们穿着工作服,背上写着:有毒物质清理。

"所有这些今晚都要清理掉?"那女人指着架子上的瓶瓶罐罐说。

"是的,运走并烧掉,"那男人回答,"那里面装的都是有毒的和危险的液体。今天等大家都离

怪怪特工队

开学校后我们要开工。"

"那我们必须得穿防护服，对吧？"

男人点头回应。那女人突然笑了出来。

"好有趣的老头啊，"她指着尼古拉斯·奥托的画像说，"想知道他是谁。"

"应该是个老将军吧。"男人回答。

瓶子里的妖怪

瓦乐和我又听见架子上的瓶瓶罐罐晃动起来。

"别出声,法格伦德!"我小声说。

瓦乐听见我说的话,朝我点点头,脸色发白。

不过有毒物质清理公司来的这对男女对瓶瓶罐罐的声音似乎没有什么反应。

他们转而走到屋子另一头,开始翻看那些抽屉和柜子。

这时瓦乐和我趁机从他们身后溜了出去!

我手里捧着蒸汽机,和瓦乐一起跑出阁楼,走到了楼梯那里。那两个人没有听见我们的声音。

"你们终于回来了!"我们回到教室时,比尔吉塔老师说。

我走上前去,把蒸汽机放在讲台上。

比尔吉塔老师搓了搓双手,轻轻地摇了摇机器。

机器里面发出轻轻的汩汩声,比尔吉塔老师满意地点点头,开始给大家解释。

"我们在水箱下面烧火,"她一边说,一边给

瓶子里的妖怪

一个小容器点了火,"当水开始沸腾时会形成蒸汽,驱动这个轮子。"

我们对着这台把热能转变成动能的机器观察了好一会儿。由于我们在水箱下面点了火,产生了热能,继而使得轮子转动了起来。

怪怪特工队

我想起了法格伦德，一百多年前他曾尝试寻找一种不像汽油那么危险的燃料。

"所以孩子们，现在你们明白了，"比尔吉塔老师说，"退休后我将投身于什么事情。"

我们笑了。如果我们认为有谁能够拯救世界的话，那一定就是比尔吉塔老师。

蒸汽机的轮子停了下来，比尔吉塔老师说："奈丽，也许可以请你把这台机器放到窗边去？它得待在那里，直到明天冷却了为止。"

我从座位上站了起来，可是当我来到窗边时，我突然想起了一件让我**不寒而栗**的事情！"啊，不！不能让这事发生！"

瓶子里的妖怪

"把窗子关上,奈丽,"比尔吉塔老师在我背后说,"现在该放学回家了。"

第六章
无人的校园

晚上十点,我站在瓦乐家门口等他。

我跟我父母说了,我要带我的狗伦敦去散个步。

这会儿我这只上了年纪的漂亮的巴吉度猎犬正**聚精会神**地在一根路灯杆子下面嗅来嗅去。我抬头看向瓦乐的窗子,再看了一眼表,瓦乐迟到了。

我们约好晚上见面,要试着进到学校里去。

瓶子里的妖怪

最后一节课下课后,我立刻把我想到的那件事告诉了瓦乐。他瞪大了眼睛看着我。"我们必须阻止这件事。"他激动地说。

我捡起一块石头,把它扔向瓦乐卧室的窗户。过了一会儿,他房间的灯亮了,瓦乐头发蓬乱地出现在窗口。

"对不起,"当瓦乐和他的狗艾巴来到街上时,他说,"我睡着了。"

"我们有这么重要的事情要做,你怎么可以睡着了?"我抱怨道。

"我不知道,"瓦乐回答,"我坐在床上摸着艾巴,然后就闭上了眼睛。我没打算睡觉的,只是闭一会儿眼睛。然后有人朝我窗子扔石头,我就

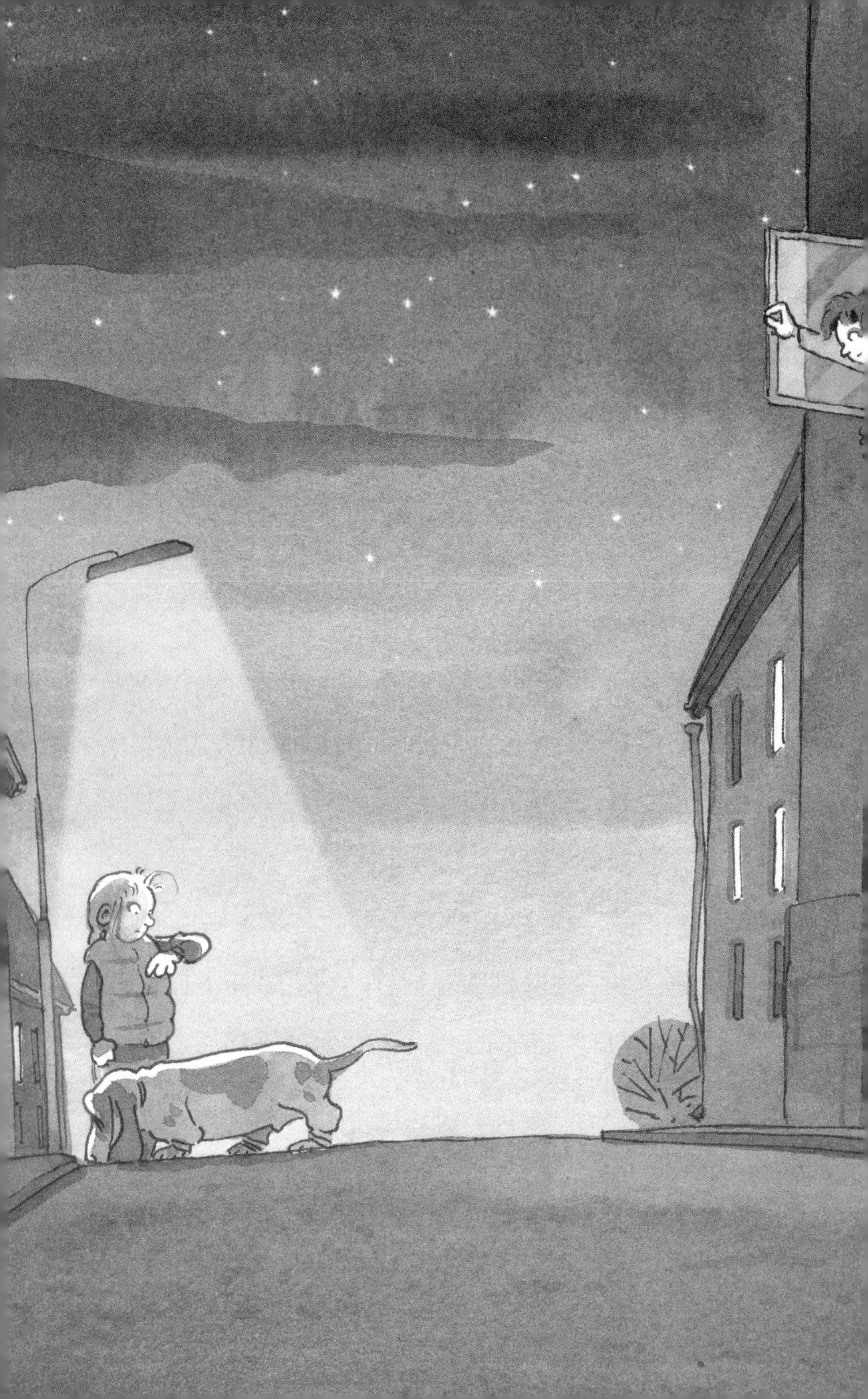

瓶子里的妖怪

醒了过来。"

"走吧,"我说,"来不及了。"

我们赶紧向学校走去。经过比尔吉塔老师房子的时候,我们看见车库里的灯已经熄了。

"里面是黑着的。"我说。

"你是指实验室?"瓦乐说。

"没错,"我说,"比尔吉塔老师要用来拯救世界的那个实验室。"

瓦乐和我冲对方笑了笑。正如前面说的,如

果有人能够拯救世界,那一定就是比尔吉塔老师。

当我们来到学校门口时,我们迅速梳理了一遍要做的事情。

"我们只有一次机会。"瓦乐小声说,我点了点头。

夜里来到自己的学校感觉有点儿恐怖,整个校园里只有我们俩。不过瓦乐和我都无心玩耍,现在我们有更重要的事情要做。

我们把艾巴和伦敦绑在一张长椅旁。伦敦不解地看着我。

"我们很快就回来。"我一边说,一边挠了挠它脖子后面的那个小窝。

瓦乐和我穿过那些丁香树,很快就来到了教室的窗外。

瓶子里的妖怪

"现在该用到它了。"我说着,拿出了我从家里的工具箱里取来的螺丝刀。

这天早些时候,我把那台蒸汽机放到窗口的时候,我知道了瓦乐和我晚上必须进到学校来。所以我快速地将一张纸叠了几下,塞进窗子和窗框的缝隙里。

现在我把螺丝刀插进那道缝隙里,**小心翼翼**地撬了起来。当窗子滑开的时候,我松了一口气。

"我可以先爬进去。"瓦乐小声说。

我两手十指交叉,瓦乐一只脚踩了上去。

然后他攀住窗框,同时我顶了他一把。

瓦乐趴在窗台上挂了一会儿,然后用胳膊把自己撑了上去,跳进了教室。

怪怪特工队

突然一声巨响打破了夜晚的宁静!一群迷迷糊糊的寒鸦被吓得从学校屋顶上飞了起来,愤怒地号叫着。

瓶子里的妖怪

我惊恐地看了看四周。

"你干了什么?"我抬起头小声问瓦乐。

瓦乐的脸出现在窗口。

"该死的法格伦德,"他小声回应,"我忘了蒸汽机在窗台上!"

第七章
完美的礼物

瓦乐伸出手来,帮我爬进了教室。不一会儿,我们就一起安静地站在了教室里,仔细倾听黑黢黢的教学楼里的声音。

瓶子里的妖怪

瓦乐捧起蒸汽机,把它放回窗台上。

我轻轻地离开窗口,从比尔吉塔老师的讲台旁边拿到那个大钥匙串。然后我们走到门口,朝走廊里看去。

没有一点儿声音。墙上的一个钩子上挂着一个被人遗忘的布袋子,除此之外空荡荡的。

怪怪特工队

"看起来很平静。"我回过头去,小声地对瓦乐说。

我们轻轻地来到走廊上。突然,瓦乐把他的手搭到了我的肩膀上。

"你听到了吗?"他问。

我屏住呼吸,仔细听。我听到一阵微弱的喘息声,好像一个病得很重的人的呼吸声。我看着瓦乐,他指了指走廊前方。

我们朝那个声音悄悄靠近。

"在这儿,"我把耳朵贴到一扇门上,说,"声音是从这里面传出来的!"

我们站在教师办公室外面。我小心翼翼地按下门把手,把门打开一条缝。里面亮着灯,一股香气扑面而来。

"是咖啡。"瓦乐小声说。

瓶子里的妖怪

我们往里面看。

咖啡壶的边上坐着比尔吉塔老师,她背对着门。

"那声音是咖啡壶发出的,"我小声对瓦乐说,"我们听到的那个声音。"

耳朵一贯非常灵的比尔吉塔老师这回自然发觉有人来了,她转过身来。

老师朝我们望过来,眼里噙着泪水。

"噢,奈丽!还有瓦乐!太好了。"她说着,擦干了眼角的泪水。

瓦乐和我迟疑地站在门口。我们还有任务要完成。没时间了！

"来陪我坐一会儿。"比尔吉塔老师说着，朝两张椅子努努嘴。

我们关上门，走进了办公室。

"你半夜里一个人坐在这儿干吗？"坐下后我问道。

"我睡不着，所以我来这里回忆一会儿往事。"

比尔吉塔老师又哭了起来。瓦乐把手放到她的手上。

"因为要退休了，所以你很难过？"他问。

"既高兴又难过，"比尔吉塔老师回答，"当我想到要退休了，我很高兴，但同时想到这么多年遇到的这些可爱的孩子，又会有点儿难过。"

"但现在你可以拯救世界了。"我鼓励道。

瓶子里的妖怪

比尔吉塔老师喝了一口咖啡,认真地点了点头。

"很快我就会找到正确的配方了,"她说,"完全无毒的配方。"

"发明新的燃料?"瓦乐问。

老师再次点点头。

"我觉得我们应该加入一些盐。"她自言自语道。

怪怪特工队

就在这时,我想到了明天期末典礼上可以送她什么礼物了!但那样的话,我们就不能继续坐在这里了。

"我们也许要走了。"我说着,偷偷地朝瓦乐眨眨眼睛。

这时比尔吉塔老师皱了皱眉头,她疑惑地看着我们。

"好吧,你们来学校到底要做什么?现在可是半夜!"

"呃呃呃……"我说。

"我们……"瓦乐继续说,"我们只是……"

这时突然响起了敲门声,这帮我们解了围。

瓦乐和我都被这个意外的声音吓了一跳!

第八章
我们必须救法格伦德!

"噢,"比尔吉塔老师看到瓦乐和我吃惊的眼神,说,"肯定是在阁楼上清理实验室的人。"

我们点头表示明白了,比尔吉塔老师大声说:"进来!"

办公室的门开了,瓦乐和我再次瞪大了眼睛。

门外站着的,很像是一个外星人!

这个外星人穿着橘红色的防护服,脸上戴着面具,走进了办公室。

当我们明白这一定就是比尔吉塔老师说的工作人员后,长舒了一口气。

这肯定就是之前我们去取蒸汽机时在实验室里看见的那个女人。她比我高不了多少,靠着一根管子呼吸。

"我能借用一下厕所吗?"那女人问。

她的声音来自胸前的一个小扬声器,听起来有点儿像是太空电影里那样。

"走到走廊尽头,然后往右拐,"比尔吉塔老师说着,用大拇指指了指,"亲爱的奈丽和瓦乐,你们能带她去吗?"

"太好了,"那个女人说,"我正需要一些帮助。"

她指了指自己的防护服。

我们跟她并排走在长长的走廊里,这时我突然想到了我们该怎么做。

瓶子里的妖怪

"我怎么说,你就怎么做。"我小声对瓦乐说。

瓦乐习惯性地在右眉毛上方挠了挠,这是怪怪特工们表示明白了的手势。

怪怪特工队

我们来到厕所后,那女人拧了拧防护服前面的几个旋钮,然后她转身朝向我,用大拇指指了指自己后背。

"你能帮我把拉链拉下来吗?"

我照她说的做了,那女人扭动身体,一边卸下氧气管,一边脱下她橘红色的防护服。

瓶子里的妖怪

"谢谢,"她说,"我很快回来。"

她锁上厕所门后,我朝瓦乐点点头。

我从我的裤子后兜里取出之前撬窗用的螺丝刀,将它插入厕所门与墙壁之间,将门卡住。

"来!"我小声对瓦乐说。

瓦乐不解地看着我。

"帮我穿上防护服,装上氧气管。"

瓦乐又在右眉毛上方挠了挠。

"该死的法格伦德,"他小声说,"现在我明白你的意思了,奈丽·拉普!"

我钻进防护服后,瓦乐拉上我背后的拉链,这时我们听见厕所里冲水的声音。

"现在怎么办?"瓦乐小声说。

"现在你回到比尔吉塔老师那里去!"

我被自己尖厉的声音吓了一跳,它是从胸前的扬声器里发出来的。

瓦乐看着防护服,拧了好几个旋钮,这才把它调好。

瓶子里的妖怪

"我把音量调小了一点儿。"他小声说。

我用手摸了摸胸口,那里还有好多按钮和旋钮。

我继续说话,这回扬声器里的声音听起来不那么尖厉了:"你去陪着比尔吉塔老师,想办法让她别问我去哪里了。"

这时我们听见厕所里的女人在说:"喂,外面发生什么事了?"

我想她可能是听到了扬声器里我的声音。

"现在没时间了,"我拉起瓦乐的手,对他说,"我们必须救法格伦德!"

第九章
眼前一黑

瓦乐和我在办公室门外分开。

"祝你好运。"他小声说。

我竖起大拇指作为回应,然后赶紧跑向通往阁楼的门。

穿着防护服整个人都变笨重了,活动非常不便,上楼梯的时候我感到额头上冒出了汗珠。

当我终于走进阁楼时,我都有点儿晕了。

我朝之前摆在一个柜子最上面的那个狐狸标本看去,可是却看不见它。所有东西突然都变得

瓶子里的妖怪

雾蒙蒙的。

这时我发现眼前的镜片内侧起了雾,不把防护服脱下来显然是不能把水汽擦干的。

我摸索地迈着步子穿过阁楼,随后我打开了通往那间毁坏了的旧实验室的门。

"你怎么花了这么长时间。"我走进去的时候,清理公司的男人头也不回地大声说。

我没有回答,因为我的声音会暴露我的。

"把那个架子上的瓶子放进箱子里去。"那男人说着,用大拇指指了指身后。

这让我大松了一口气,我知道法格伦德应该还在原来的地方。

瓶子里的妖怪

　　我朝此前摆着那个瓶子的架子走去,感到呼吸越来越沉重了。

　　这是怎么回事?我是病了吗?我的脚跟灌了铅一样重。

　　我用尽全力踮起脚尖,去够那个带着骷髅标志的棕色瓶子。

怪怪特工队

我终于够到了它，尽管我几乎什么都看不见了。

我尽可能地把瓶子藏好，正打算赶紧离开实验室。这时我眼前一黑，倒在了地上。

我失去了知觉，不知道在那里躺了多久。之后我仿佛听到从很远很远的地方，传来了呼喊声。

"喂！醒醒！"

有人在晃我的肩膀。等我慢慢睁开眼睛时，感觉眼前像蒙了一层沙子。防护镜片内侧仍然是雾蒙蒙的，但不管怎样，呼吸轻松了一些。

"发生什么事了？"清理公司的男人问。

我耸耸肩，示意我也不知道。

防护面罩镜片上的水汽让他难以看清我的脸，显然他没有发现我不是他的女同事，因为他说：

"你上厕所的时候肯定关掉了氧气,后来忘了把它重新打开。不过现在我们得继续干活,我们还有好多事情要做。"

我心想,一定是瓦乐尝试把我胸前扬声器的

音量调低时，误关了氧气。

  我双腿摇摇晃晃地站了起来，发现我躺在地上的时候，装着法格伦德的那个瓶子刚好落在我的身下。清理公司的男人没有发现它，而是回到自己负责的柜子那里，将各种盒子和罐子从一个抽屉里取出来。

  这个时候我趁机溜了出去。

第十章

加油，奈丽！

我从阁楼上下来时，听到走廊尽头的厕所里传来咚咚咚撞门的声音。一定是清理公司的那个女人想要出来。

经过教师办公室时，我轻轻地把门开了一条缝。屋里比尔吉塔老师背对着我坐着。

她大笑着，拍着自己的膝盖。

"我要不要再讲一个？"瓦乐问。

聪明，瓦乐，我心想，你用有趣的故事分散了比尔吉塔老师的注意力，让她没有问起我去哪里了。

"好的，再讲一个。"比尔吉塔老师擦掉了眼角笑出来的一滴眼泪，回答道。

"嘘。"比尔吉塔老师站起来倒咖啡的时候，我小声说。

瓦乐立刻听到了我的声音。

"我马上回来。"他对老师说，然后来到走廊上见我。

瓦乐一走出教师办公室，就立刻问道："怎么样了？"

瓶子里的妖怪

我举起装着法格伦德的那个棕色瓶子回应他。

"你好酷,奈丽!"他说。

"帮我把拉链拉下来。"我说,接着把瓶子放进了防护服的一个大口袋里。

瓦乐帮我拉下背后的拉链,这时我们又听到了那个被锁在厕所里的女人从里面撞门的声音。

怪怪特工队

"比尔吉塔老师没有问是谁在撞门吗？"我一边问，一边把防护服脱下来。

"嗯，"瓦乐说，"我说那可能是阁楼上工作的人发出的声音。"

"聪明，"我说，"你进去吧。我很快就回来，我去把她放出来。"

瓦乐回到教师办公室，我听见比尔吉塔老师在问："你不能再讲讲那个老水手的故事？"

我来到走廊尽头的厕所，把防护服挂到了一个钩子上。

里面的女人还在撞门，我猜她的心情一定糟透了。

做了一个深呼吸后，我拔掉了卡在厕所门和墙壁之间的螺丝刀。

瓶子里的妖怪

被锁在里面的女人此刻一定已经受够了,她用尽全力撞向厕所门,门砰的一下被撞开了。

清理公司的女人在我面前摔了个狗啃泥。

我赶紧把螺丝刀藏到了身后。

怪怪特工队

"这是怎么回事?"她站起身来,大喊道。

"门一定是被卡住了。"我撒了个谎。

那女人一边愤怒地咆哮着,一边再次穿上她的防护服。我帮她拉好拉链,插上氧气管。然后,她拧了一下胸口的旋钮,沿着走廊笨拙地走起来,去继续完成阁楼上的工作。

这时我突然想起了一件事!

装着法格伦德的瓶子还在她的口袋里!她如果发现了那瓶子,乌洛夫·法格伦德就将跟实验室的其他化学制品一起被销毁了!

"等一下!"我大喊着,冲过去追她。

"又怎么了?"她生气地说,没有停下脚步。

加油,奈丽!我心里想着,得想个法子!快!

"等一下!"

瓶子里的妖怪

"你想干什么?我可没时间把整个晚上浪费在这里。"那女人继续说。

"嗯……呃呃呃……"

这时我想到了法子。

"拉链。"

"拉链怎么了?"她停下来问。

"它没有拉好,必须得完全拉好,对吧?"

"对,那你把它拉上去。"那女人回答,在防护镜片后面翻了个白眼。

我站到她身后,用左手把拉链往上拉了一下,与此同时试着悄悄用另一只手从她的口袋里把装着法格伦德的那个瓶子掏出来。

"你在干什么?"她推开我的手问道。

"拉链卡住了。"我又撒了个谎。

穿着防护服的女人大声喘着气。

"不过如果你能搭把手的话,我应该可以把它弄开,"我说,"你可以用手抓住这个位置,把衣服往上提一提。"

清理公司的女人抬起手,拉住防护服肩膀这个位置。于是我得到了机会。

瓶子里的妖怪

　　我迅速把拉链拉下来,然后又用尽全力往上拉。与此同时我趁机从她口袋里取出了装着法格伦德的瓶子。

　　"好了,"我说,"这下拉好了。"

　　这女人没有说一句谢谢就走掉了,消失在了通往阁楼的那扇门后。

第十一章
下回少放点儿盐!

瓶子里的妖怪

教室里挤满了人,我们学生全都穿着整洁的衣服坐在座位上,爸爸妈妈则沿着墙壁站在一旁。

我们刚刚演唱了《繁花盛开的时节到来了》,比尔吉塔老师微笑着坐回了讲台后面。

她在身后的墙壁上写了"暑假愉快",并画了很多漂亮的花。

"好了,"老师带着略微颤抖的声音说,"现在

该是说再见的时候了。我也借此机会祝愿我可爱的小朋友们拥有一个非常美好的暑假，祝你们未来学业顺利。"

我们可以看出，比尔吉塔老师被这一刻的庄严气氛打动了。

有几个家长也在擦着眼角的泪水。

教室里弥漫着**五味杂陈**的气息。暑假就要开始了，大家当然很高兴，但同时我们知道，从此比尔吉塔老师就要和我们告别了。

当同学们一个接一个走上前去最后一次拥抱老师时，我看了看瓦乐，一只眼睛眨巴了一下。

他立刻在右眉毛上方挠了一下。我们在自己的座位上等着，当教室里只剩下我们和比尔吉塔

瓶子里的妖怪

老师的时候，我们站了起来。

"奈丽和瓦乐，"老师叹了口气，"想想生活还真是奇怪，对吧？我还记得我第一次走进这所学校的情景，感觉就像在昨天，可现在……"

比尔吉塔老师哭了起来。

"可现在你要去拯救世界了！"我接着她的话说道。

"是的……我要去拯救世界了。"比尔吉塔老师叹了口气。

"我们想到，你可能需要一点儿帮助。"瓦乐说。

"以及一个同伴，"我补充道，"一个能够跟你讨论事情的人。"

比尔吉塔老师不解地看着我们。我拿出藏在一个袋子里的装着法格伦德的瓶子，然后把这个带骷髅标记的棕色瓶子放到比尔吉塔老师面前。

老师先是不解地看看瓶子上的骷髅标记，然后看看我们。

然后她笑着说："你们是在玩什么恶作剧吗？"

这下轮到瓦乐和我不解地看着她了。

"给我一瓶毒药作礼物？一个带骷髅图案的瓶子通常意味着里面装着有毒物质。"

"不！"当我明白了比尔吉塔老师的想法后，笑了出来。

我瞥了瓦乐一眼，他也朝我点点头。然后我们开始解释。

"你还记得你让我们去阁楼上取蒸汽机吗？"瓦乐说。

比尔吉塔老师向前探过身来，认真地看着我俩。

"当时我们不小心进了楼上的另一个房间。"

瓶子里的妖怪

我继续说。

"不小心?"比尔吉塔老师扬起一边眉毛,问道。

"是的,"瓦乐说,"我觉得我听到那里面有个声音。"

比尔吉塔老师咧嘴一笑,示意我们继续说。于是我们继续往下说。

我们讲到了尼古拉斯·奥托——那个德国发明家——的肖像，以及当我们猜测他是马戏团演员时，一个架子上的瓶子开始摇晃的事。接着又讲到曾经的化学老师乌洛夫·法格伦德从瓶子里飞了出来。

最后我们告诉她昨天夜里我们为什么在学校——是为了救法格伦德，不让他跟实验室的其他化学制品一起被销毁。

比尔吉塔老师瞪大了眼睛看着我们。我偷偷看了一眼瓦乐，他耸了耸肩。他似乎在想，不管怎样，现在我们已经把真相说出来了，只能做到这一步了。

这时比尔吉塔老师笑了起来。她笑了好一会儿，笑到整个身体都抽动起来。然后她停下来，**一言不发**地看着我和瓦乐。

瓶子里的妖怪

"你们知道吗?"她终于开口了。

瓦乐和我摇了摇头。

"这应该是我这辈子听过的最有趣的故事!你们这两个孩子太棒了!"

"可是……"我说,"不管怎样你也许可以把它打开看看?"

比尔吉塔老师站了起来,开始收拾她收到的那些花和礼物。她把装着法格伦德的瓶子塞进了包里。

"这个瓶子我会好好珍藏的,"她说,"它会一直提醒我,孩子的想象力有多么丰富。尤其是你们两个。"

比尔吉塔老师摸了摸瓦乐和我的头发,离开了教室。

这天晚上我正在收拾我的东西。第二天瓦乐

怪怪特工队

和我要去怪怪特工学院,我们要在汉尼拔伯伯乡下的那栋黄色大房子里度过几乎整个暑假。

伦敦好奇地看着我往旅行箱里装需要带的东西。

这时我听见一个小石子砸中了我的窗子。

我往外看去,瓦乐带着他的狗艾巴站在楼下。

瓶子里的妖怪

"你来了!"我打开窗子。

"我们得去确认一件事情。"瓦乐小声说。

我和伦敦来到了街上。瓦乐说:"比尔吉塔老师的车库亮着灯。"

我在右眉毛的上方挠了一下。我们一起朝比尔吉塔老师家走去。

我们打开比尔吉塔老师家院子的门,悄悄穿过草坪。来到车库前,我们看见一扇窗户开着。

我们踮起脚尖往里面看。比尔吉塔老师倚在一张工作台上,手里拿着一根装着黄色液体的试管。

另外……在她的背后,飘着一个脸色苍白的妖怪——我们认得他!

"再加点儿盐?"比尔吉塔老师问,眼睛没有离开试管。

瓶子里的妖怪

"也许一点点。"法格伦德回答。

我看了看瓦乐,笑了。

"该死的法格伦德,"他也朝我笑了笑,说,"他们或许会成功的!"

这时传来一声不算太响的爆炸声,瓦乐和我都吓了一跳。我们惊慌地再次向车库里面看去。

只见比尔吉塔老师的脸上乌黑一片。法格伦德情绪激动地绕着她飞,大喊着:"下回少放点儿盐!少放点儿盐!"